Guillaume   Apollinaire

Les Peintres Cubistes

Guillaume   Apollinaire

Les Peintres Cubistes

ISBN/EAN: 9783337363123

Printed in Europe, USA, Canada, Australia, Japan

Cover: Foto ©Andreas Hilbeck / pixelio.de

More available books at **www.hansebooks.com**

Les Peintres Cubistes

[Méditations Esthétiques]

Par

GUILLAUME APOLLINAIRE

PREMIÈRE SÉRIE

Pablo PICASSO —-Georges BRAQUE—Jean METZINGER
Albert GLEIZES—Juan GRIS—Mlle Marie LAURENCIN
Fernand LÉGER—Francis PICABIA—Marcel DUCHAMP
DUCHAMP-VILLON, etc.

OUVRAGE ACCOMPAGNÉ DE 46 PORTRAITS ET
REPRODUCTIONS HORS TEXTE

DEUXIÈME ÉDITION

TOUS LES ARTS

COLLECTION
PUBLIÉE SOUS LA DIRECTION DE
M. Guillaume APOLLINAIRE

PARIS

EUGÈNE FIGUIÈRE ET Cie, ÉDITEURS

7, RUE CORNEILLE, 7

MCMXIII

4

MÉDITATIONS ESTHÉTIQUES

Sur la peinture

I

Les vertus plastiques: la pureté, l'unité et la vérité maintiennent sous leurs pieds la nature terrassée.

En vain, on bande l'arc-en-ciel, les saisons frémissent, les foules se ruent vers la mort, la science défait et refait ce qui existe, les mondes s'éloignent à jamais de notre conception, nos images mobiles se répètent ou ressuscitent leur inconscience et les couleurs, les odeurs, les bruits qu'on mène nous étonnent, puis disparaissent de la nature.

Ce monstre de la beauté n'est pas éternel.

Nous savons que notre souffle n'a pas eu de commencement et ne cessera point, mais nous concevons avant tout la création et la fin du monde.

Cependant, trop d'artistes-peintres adorent encore les plantes, les pierres, l'onde ou les hommes.

On s'accoutume vite à l'esclavage du mystère. Et, la servitude finit par créer de doux loisirs.

On laisse les ouvriers maîtriser l'univers et les jardiniers ont moins de respect pour la nature que n'en ont les artistes.

Il est temps d'être les maîtres. La bonne volonté ne garantit point la victoire.

En deçà de l'éternité dansent les mortelles formes de l'amour et le nom de la nature résume leur maudite discipline.

⊢—

La flamme est le symbole de la peinture et les trois vertus plastiques flambent en rayonnant.

La flamme a la pureté qui ne souffre rien d'étranger et transforme cruellement en elle-même ce qu'elle atteint.

Elle a cette unité magique qui fait que si on la divise, chaque flammèche est semblable à la flamme unique.

Elle a enfin la vérité sublime de sa lumière que nul ne peut nier.

⊢—

Les artistes-peintres vertueux de cette époque occidentale considèrent leur pureté en dépit des forces naturelles.

Elle est l'oubli après l'étude. Et, pour qu'un artiste pur mourût, il faudrait que tous ceux des siècles écoulés n'eussent pas existé.

La peinture se purifie, en Occident, avec cette logique idéale que les peintres anciens ont transmise aux nouveaux comme s'ils leur donnaient la vie.

Et c'est tout.

L'un vit dans les délices, l'autre dans la douleur, les uns mangent leur héritage, d'autres deviennent riches et d'autres encore n'ont que la vie.

Et c'est tout.

On ne peut pas transporter partout avec soi le cadavre de son père. On l'abandonne en compagnie des autres morts. Et, l'on s'en souvient, on le regrette, on en parle avec admiration. Et, si l'on devient père, il ne faut pas s'attendre à ce qu'un de nos enfants veuille se doubler pour la vie de notre cadavre.

Mais, nos pieds ne se détachent qu'en vain du sol qui contient les morts.

———

Considérer la pureté, c'est baptiser l'instinct, c'est humaniser l'art et diviniser la personnalité.

La racine, la tige et la fleur de lys montrent la progression de la pureté jusqu'à sa floraison symbolique.

* *

Tous les corps sont égaux devant la lumière et leurs modifications résultent de ce pouvoir, lumineux qui construit à son gré.

Nous ne connaissons pas toutes les couleurs et chaque homme en invente de nouvelles.

Mais, le peintre doit avant tout se donner le spectacle de sa propre divinité et les tableaux qu'il offre à l'admiration des hommes leur conféreront la gloire d'exercer aussi et momentanément leur propre divinité.

Il faut pour cela embrasser d'un coup d'œil: le passé, le présent et l'avenir.

La toile doit présenter cette unité essentielle qui seule provoque l'extase.

Alors, rien de fugitif n'entraînera au hasard. Nous ne reviendrons pas brusquement en arrière. Spectateurs libres nous n'abandonnerons point notre vie à cause de notre curiosité. Les faux sauniers des apparences ne passeront point en fraude nos statues de sel devant l'octroi de la raison.

Nous n'errerons point dans l'avenir inconnu, qui séparé de l'éternité n'est qu'un mot destiné à tenter l'homme.

Nous ne nous épuiserons pas à saisir le présent trop fugace et qui ne peut être pour l'artiste que le masque de la mort: la mode.

▬

Le tableau existera inéluctablement. La vision sera entière, complète et son infini au lieu de marquer une imperfection, fera seulement ressortir le rapport d'une nouvelle créature à un nouveau créateur et rien d'autre. Sans quoi, il n'y aura point d'unité, et les rapports qu'auront les divers points de la toile avec différents génies, avec différents objets, avec différentes lumières ne montreront qu'une multiplicité de disparates sans harmonie.

Car, s'il peut y avoir un nombre infini de créatures attestant chacune leur créateur, sans qu'aucune création n'encombre l'étendue de celles qui coexistent, il est impossible de les concevoir en même temps et la mort provient de leur juxtaposition, de leur mêlée, de leur amour.

Chaque divinité crée à son image; ainsi des peintres. Et les photographes seuls fabriquent la reproduction de la nature.

▬

La pureté et l'unité ne comptent pas sans la vérité qu'on ne peut comparer à la réalité puisqu'elle est la même, hors de toutes les natures qui s'efforcent de nous retenir dans l'ordre fatal où nous ne sommes que des animaux.

▬

Avant tout, les artistes sont des hommes qui veulent devenir inhumains.

Ils cherchent péniblement les traces de l'inhumanité, traces que l'on ne rencontre nulle part dans la nature.

Elles sont la vérité et en dehors d'elles nous ne connaissons aucune réalité.

Mais, on ne découvrira jamais la réalité une fois pour toutes. La vérité sera toujours nouvelle.

Autrement, elle n'est qu'un système plus misérable que la nature.

En ce cas, la déplorable vérité, plus lointaine, moins distincte, moins réelle chaque jour réduirait la peinture à l'état d'écriture plastique simplement destinée à faciliter les relations entre gens de la même race.

De nos jours, on trouverait vite la machine à reproduire de tels signes, sans entendement.

II

Beaucoup de peintres nouveaux ne peignent que des tableaux où il n'y a pas de sujet véritable. Et les dénominations que l'on trouve dans les catalogues jouent alors le rôle des noms qui désignent les hommes sans les caractériser.

De même qu'il existe des Legros qui sont fort maigres et des Leblond qui sont très bruns, j'ai vu des toiles appelées: *Solitude*, où il y avait plusieurs personnages.

Dans les cas dont il s'agit, on condescend encore parfois à se servir de mots vaguement explicatifs comme *portrait, paysage, nature morte*; mais beaucoup de jeunes artistes-peintres n'emploient que le vocable général de *peinture*.

Ces peintres, s'ils observent encore la nature, ne l'imitent plus et ils évitent avec soin la représentation de scènes naturelles observées et reconstituées par l'étude.

La vraisemblance n'a plus aucune importance, car tout est sacrifié par l'artiste aux vérités, aux nécessités d'une nature supérieure qu'il suppose sans la découvrir. Le sujet ne compte plus ou s'il compte c'est à peine.

L'art moderne repousse, généralement, la plupart des moyens de plaire mis en œuvre par les grands artistes des temps passés.

Si le but de la peinture est toujours comme il fut jadis: le plaisir des yeux, on demande désormais à l'amateur d'y trouver un autre plaisir que celui que peut lui procurer aussi bien le spectacle des choses naturelles.

On s'achemine ainsi vers un art entièrement nouveau, qui sera à la peinture, telle qu'on l'avait envisagée jusqu'ici, ce que la musique est à la littérature.

Ce sera de la peinture pure, de même que la musique est de la littérature pure.

L'amateur de musique éprouve, en entendant un concert, une joie d'un ordre différent de la joie qu'il éprouve en écoutant les bruits naturels comme le murmure d'un ruisseau, le fracas d'un torrent, le sifflement du vent dans une forêt, ou les harmonies du langage humain fondées sur la raison et non sur l'esthétique.

De même, les peintres nouveaux procureront à leurs admirateurs des sensations artistiques uniquement dues à l'harmonie des lumières impaires.

On connaît l'anecdote d'Apelle et de Protogène qui est dans Pline.

Elle fait bien voir le plaisir esthétique et résultant seulement de cette construction impaire dont j'ai parlé.

Apelle aborde, un jour, dans l'île de Rhodes pour voir les ouvrages de Protogène, qui y demeurait. Celui-ci était absent de son atelier quand Apelle s'y rendit. Une vieille était là qui gardait un grand tableau tout prêt à être peint. Apelle au lieu de laisser son nom, trace sur le tableau un trait si délié qu'on ne pouvait rien voir de mieux venu.

De retour, Protogène apercevant le linéament, reconnut la main d'Apelle, et traça sur le trait un trait d'une autre couleur et plus subtil encore, et, de cette façon, il semblait qu'il y eût trois traits.

Apelle revint encore le lendemain sans rencontrer celui qu'il cherchait et la subtilité du trait qu'il traça ce jour-là désespéra Protogène. Ce tableau causa longtemps l'admiration des connaisseurs qui le regardaient avec autant de plaisir que si, au lieu d'y représenter des traits presque invisibles, on y avait figuré des dieux et des déesses.

━━

Les jeunes-artistes peintres des écoles extrêmes ont pour but secret de faire de la peinture pure. C'est un art plastique entièrement nouveau. Il n'en est qu'à son commencement et n'est pas encore aussi abstrait qu'il voudrait l'être. La plupart des nouveaux peintres font bien de la mathématique sans le ou la savoir, mais ils n'ont pas encore abandonné la nature qu'ils interrogent patiemment à cette fin qu'elle leur enseigne la route de la vie.

Un Picasso étudie un objet comme un chirurgien dissèque un cadavre.

Cet art de la peinture pure s'il parvient à se dégager

entièrement de l'ancienne peinture, ne causera pas nécessairement la disparition de celle-ci, pas plus que le développement de la musique n'a causé la disparition des différents genres littéraires, pas plus que l'âcreté du tabac n'a remplacé la saveur des aliments.

III

On a vivement reproché aux artistes-peintres nouveaux des préoccupations géométriques. Cependant les figures géométriques sont l'essentiel du dessin. La géométrie, science qui a pour objet l'étendue, sa mesure et ses rapports, a été de tous temps la règle même de la peinture.

Jusqu'à présent, les trois dimensions de la géométrie euclidienne suffisaient aux inquiétudes que le sentiment de l'infini met dans l'âme des grands artistes.

Les nouveaux peintres, pas plus que leurs anciens ne se sont proposés d'être des géomètres. Mais on peut dire que la géométrie est aux arts plastiques ce que la grammaire est à l'art de l'écrivain. Or, aujourd'hui, les savants ne s'en tiennent plus aux trois dimensions de la géométrie euclidienne. Les peintres ont été amenés tout naturellement et, pour ainsi dire, par intuition, à se préoccuper de nouvelles mesures possibles de l'étendue que dans le langage des ateliers modernes on désignait toutes ensemble et brièvement par le terme de *quatrième dimension*.

Telle qu'elle s'offre à l'esprit, du point de vue plastique, la quatrième dimension serait engendrée par les trois mesures connues: elle figure l'immensité de l'espace s'éternisant dans toutes les directions à un moment déterminé. Elle est l'espace même, la dimension de l'infini; c'est elle qui doue de plasticité les objets. Elle leur donne les proportions qu'ils méritent dans l'œuvre, tandis que dans l'art grec par exemple, un rythme en quelque sorte mécanique détruit sans cesse les proportions.

L'art grec avait de la beauté une conception purement humaine. Il prenait l'homme comme mesure de la perfection. L'art des peintres nouveaux prend l'univers infini comme idéal et c'est à cet idéal que l'on doit une nouvelle mesure de la perfection qui permet à l'artiste-peintre de donner à l'objet des proportions conformes au degré de plasticité où il souhaite l'amener.

Nietzsche avait deviné la possibilité d'un tel art:

«Ô Dyonisios divin, pourquoi me tires-tu les oreilles? demande Ariane à son philosophique amant dans un de ces célèbres dialogues sur l'*Ile de Naxos*. Je trouve quelque chose d'agréable, de plaisant à tes oreilles, Ariane: pourquoi ne sont-elles pas plus longues encore?»

Nietzsche, quand il rapporte cette anecdote, fait par la bouche de Dyonisios le procès de l'art grec.

Ajoutons que cette imagination: *la quatrième dimension*, n'a été que la manifestation des aspirations, des inquiétudes d'un grand nombre de jeunes artistes regardant les sculptures égyptiennes, nègres et océaniennes, méditant les ouvrages de science, attendant un art sublime, et, qu'on n'attache plus aujourd'hui à cette expression utopique, qu'il fallait noter et expliquer, qu'un intérêt en quelque sorte historique.

IV

Voulant atteindre aux proportions de l'idéal, ne se bornant pas à l'humanité, les jeunes peintres nous offrent des œuvres plus cérébrales que sensuelles. Ils s'éloignent de plus en plus de l'ancien art des illusions d'optique et des proportions locales pour exprimer la grandeur des formes métaphysiques. C'est pourquoi l'art actuel, s'il n'est pas l'émanation directe de croyances religieuses déterminées, présente cependant plusieurs caractères du grand art, c'est-à-dire de l'Art religieux.

V

Les grands poètes et les grands artistes ont pour fonction sociale de renouveler sans cesse l'apparence que revêt la nature aux yeux des hommes.

Sans les poètes, sans les artistes les hommes s'ennuieraient vite de la monotonie naturelle. L'idée sublime qu'ils ont de l'univers retomberait avec une vitesse vertigineuse. L'ordre qui paraît dans la nature et qui n'est qu'un effet de l'art s'évanouirait aussitôt. Tout se déferait dans le chaos. Plus de saisons, plus de civilisation, plus de pensée, plus d'humanité, plus de vie même et l'impuissante obscurité régnerait à jamais.

Les poètes et les artistes déterminent de concert la figure de leur époque et docilement l'avenir se range à leur avis.

La structure générale d'une momie égyptienne est conforme aux figures tracées par les artistes égyptiens et cependant les anciens Egyptiens étaient fort différents les uns des autres. Ils se sont conformés à l'art de leur époque.

C'est le propre de l'Art, son rôle social, de créer cette illusion: le type. Dieu sait que l'on s'est moqué des tableaux de Manet, de Renoir! Eh bien! il suffit de jeter les yeux sur des photographies de l'époque pour s'apercevoir de la conformité des gens et des choses aux tableaux que ces grands peintres en ont peints.

Cette illusion me paraît toute naturelle, les œuvres d'art

étant ce qu'une époque produit de plus énergique au point de vue de la plastique. Cette énergie s'impose aux hommes et elle est pour eux la mesure plastique d'une époque. Ainsi, ceux qui se moquent des nouveaux peintres, se moquent de leur propre figure, car l'humanité de l'avenir se représentera l'humanité d'aujourd'hui d'après les représentations que les artistes de l'art le plus vivant, c'est-à-dire le plus nouveau, en auront laissé. Ne me dites pas qu'il y a aujourd'hui d'autres peintres qui peignent de telle façon que l'humanité puisse s'y reconnaître peinte à son image. Toutes les œuvres d'art d'une époque finissent par ressembler aux œuvres de l'art le plus énergique, le plus expressif, le plus typique. Les poupées sont issues d'un art populaire; elles semblent toujours inspirées par les œuvres du grand art de la même époque. C'est une vérité qu'il est facile de contrôler. Et cependant qui oserait dire que les poupées que l'on vendait dans les bazars, vers 1880, ont été fabriquées avec un sentiment analogue à celui de Renoir quand il peignait ses portraits? Personne alors ne s'en apercevait. Cela signifie cependant que l'art de Renoir était assez énergique, assez vivant pour s'imposer à nos sens tandis qu'au grand public de l'époque où il débutait, ses conceptions apparaissaient comme autant d'absurdités et de folies.

VI

On a parfois, et notamment à propos des artistes-peintres les plus récents, envisagé la possibilité d'une mystification ou d'une erreur collectives.

Or, on ne connaît pas dans toute l'histoire des arts une seule mystification collective, non plus qu'une erreur artistique collective. Il y a des cas isolés, de mystification et d'erreur, mais les éléments conventionnels dont se composent en grande partie les œuvres d'art nous garantissent que de ces cas il ne saurait en exister de collectifs.

Si la nouvelle école de peinture nous présentait un de ces cas, ce serait un événement si extraordinaire qu'on pourrait l'appeler un miracle. Concevoir un cas de cette sorte, ce serait concevoir, que brusquement, dans une nation, tous les enfants naîtraient privés de tête ou d'une jambe ou d'un bras, conception évidemment absurde. Il n'y a pas d'erreurs ni de mystifications collectives en art, il n'y a que diverses époques et diverses écoles de l'art. Si le but que poursuivent chacune d'elles n'est pas également élevé, également pur, toutes sont également respectables, et, selon les idées que l'on se fait de la beauté, chaque école artistique est successivement admirée, méprisée et de nouveau admirée.

VII

La nouvelle école de peinture porte le nom de cubisme; il lui fut donné par dérision en automne 1908 par Henri Matisse qui venait de voir un tableau représentant des maisons dont l'apparence cubique le frappa vivement.

Cette esthétique nouvelle s'élabora d'abord dans l'esprit d'André Derain, mais les œuvres les plus importantes et les plus audacieuses qu'elle produisit aussitôt furent celles d'un grand artiste que l'on doit aussi considérer comme un fondateur: Pablo Picasso dont les inventions corroborées par le bon sens de Georges Braque qui exposa, dès 1908, un tableau cubiste au Salon des Indépendants, se trouvèrent formulées dans les études de Jean Metzinger qui exposa le premier portrait cubiste (c'était le mien) au Salon des Indépendants en 1910 et fit admettre aussi, la même année, des œuvres cubistes par le jury du Salon d'Automne. C'est en 1910 également que parurent aux Indépendants des tableaux de Robert Delaunay, de Marie Laurencin, de Le Fauconnier, qui ressortissaient à la même école.

La première exposition d'ensemble du Cubisme dont les

adeptes devenaient plus nombreux, eut lieu en 1911 aux Indépendants, où la salle 41 réservée aux cubistes causa une profonde impression. On y voyait des œuvres savantes et séduisantes de Jean Metzinger; des paysages, l'*Homme nu et la Femme aux phlox* d'Albert Gleizes; le *Portrait de Mme Fernande X...* et les *Jeunes Filles* par Mlle Marie Laurencin, la *Tour* de Robert Delaunay, l'*Abondance* de Le Fauconnier, les *Nus dans un paysage* de Fernand Léger.

La première manifestation des cubistes à l'Étranger eut lieu à Bruxelles, la même année et dans la préface de cette exposition j'acceptai, au nom des exposants, les dénominations: *cubisme* et *cubistes*.

À la fin de 1911, l'exposition des cubistes au Salon d'Automne fit un bruit considérable, les moqueries ne furent épargnées ni à Gleizes (*La Chasse, Portrait de Jacques Nayral*), ni à Metzinger (*La Femme à la cuiller*), ni à Fernand Léger. À ces artistes, s'était joints un nouveau peintre, Marcel Duchamp et un sculpteur-architecte, Duchamp-Villon.

D'autres expositions collectives eurent lieu en novembre 1911 à la Galerie d'Art Contemporain, rue Tronchet, à Paris; en 1912, au Salon des Indépendants qui fut marqué par l'adhésion de Juan Gris; au mois de mai, en Espagne, où Barcelone accueille avec enthousiasme les jeunes Français; enfin au mois de Juin, à Rouen, exposition organisée par la Société des Artistes normands et qui fut marquée par l'adhésion de Francis Picabia à la nouvelle École. (*Note écrite en septembre 1912.*)

———

Ce qui différencie le cubisme de l'ancienne peinture, c'est qu'il n'est pas un art d'imitation, mais un art de conception qui tend à s'élever jusqu'à la création.

En représentant la réalité-conçue ou la réalité-créée, le

17

peintre peut donner l'apparence de trois dimensions, peut en quelque sorte *cubiquer.* Il ne le pourrait pas en rendant simplement la réalité-vue, à moins de faire du trompe-l'œil en raccourci ou en perspective, ce qui déformerait la qualité de la forme conçue ou créée.

Quatre tendances se sont maintenant manifestées dans le cubisme tel que je l'ai écartelé. Dont, deux tendances parallèles et pures.

Le *cubisme scientifique* est l'une de ces tendances pures. C'est l'art de peindre des ensembles nouveaux avec des éléments empruntés, non à la réalité de vision, mais à la réalité de connaissance.

Tout homme a le sentiment de cette réalité intérieure. Il n'est pas besoin d'être un homme cultivé pour concevoir, par exemple une forme ronde.

L'aspect géométrique qui a frappé si vivement ceux qui ont vu les premières toiles scientifiques venait de ce que la réalité essentielle y était rendue avec une grande pureté et que l'accident visuel et anecdotique en avait été éliminé.

Les peintres qui ressortissent à cet art sont: Picasso, dont l'art lumineux appartient encore à l'autre tendance pure du cubisme, Georges Braque, Metzinger, Albert Gleizes, Mlle Laurencin et Juan Gris.

Le *cubisme physique,* qui est l'art de peindre des ensembles nouveaux avec des éléments empruntés pour la plupart à la réalité de vision. Cet art ressortit cependant au cubisme par la discipline constructive. Il a un grand avenir comme peinture d'histoire. Son rôle social est bien marqué, mais ce n'est pas un art pur. On y confond le sujet avec les images.

Le peintre physicien qui a créé cette tendance est Le Fauconnier.

Le *cubisme orphique* est l'autre grande tendance de la peinture moderne. C'est l'art de peindre des ensembles nouveaux avec des éléments empruntés non à la réalité visuelle, mais entièrement créés par l'artiste et doués par lui d'une puissante réalité. Les œuvres des artistes orphiques doivent présenter simultanément un agrément esthétique pur, une construction qui tombe sous les sens et une signification sublime, c'est-à-dire le sujet. C'est de l'art pur. La lumière des œuvres de Picasso contient cet art qu'invente de son côté Robert Delaunay et où s'efforcent aussi Fernand Léger, Francis Picabia et Marcel Duchamp.

Le *cubisme instinctif*, art de peindre des ensembles nouveaux empruntés non à la réalité visuelle, mais à celle que suggèrent à l'artiste, l'instinct et l'intuition, tend depuis longtemps à l'orphisme. Il manque aux artistes instinctifs la lucidité et une croyance artistique; le cubisme instinctif comprend un très grand nombre d'artistes. Issu de l'impressionnisme français ce mouvement s'étend maintenant sur toute l'Europe.

⊨

Les derniers tableaux de Cézanne et ses aquarelles ressortissent au cubisme, mais Courbet est le père des nouveaux peintres et André Derain, sur qui je reviendrai un jour, fut l'aîné de ses fils bien-aimés, car on le trouve à l'origine du mouvement des Fauves qui fut une sorte de préambule au Cubisme et encore à l'origine de ce grand mouvement subjectif, mais il serait trop difficile aujourd'hui de bien écrire touchant un homme qui volontairement se tient à l'écart de tout et de tous.

⊨

L'école moderne de peinture me paraît la plus audacieuse qui ait jamais été. Elle a posé la question du beau en soi.

Elle veut se figurer le beau dégagé de la délectation que l'homme cause à l'homme, et depuis le commencement des temps historiques aucun artiste européen n'avait osé cela. Il faut aux nouveaux artistes une beauté idéale qui ne soit plus seulement l'expression orgueilleuse de l'espèce, mais l'expression de l'univers, dans la mesure où il s'est humanisé dans la lumière.

Ⱶ━━┥

L'art d'aujourd'hui revêt ses créations d'une apparence grandiose, monumentale, qui dépasse à cet égard tout ce qui avait été conçu par les artistes de notre âge. Ardent à la recherche de la beauté, il est noble, énergique et cette réalité qu'il nous apporte est merveilleusement claire.

J'aime l'art d'aujourd'hui parce que j'aime avant tout la lumière et tous les hommes aiment avant tout la lumière, ils ont inventé le feu.

Ⱶ━━━━━━━┥

Peintres nouveaux

PICASSO

Si nous savions, tous les dieux s'éveilleraient. Nés de la connaissance profonde que l'humanité retenait d'elle-même, les panthéismes adorés qui lui ressemblaient se sont assoupis. Mais malgré les sommeils éternels, il y a des yeux où se reflètent des humanités semblables à des fantômes divins et joyeux.

Ces yeux sont attentifs comme des fleurs qui veulent toujours contempler le soleil. Ô joie féconde, il y a des hommes qui voient avec ces yeux.

En ce temps là, Picasso avait regardé des images humaines qui flottaient dans l'azur de nos mémoires et qui participent de la divinité pour damner les métaphysiciens. Qu'ils sont pieux ses ciels tout remués d'envolements, ses lumières lourdes et basses comme celles des grottes.

Il y a des enfants qui ont erré sans apprendre le catéchisme. Ils s'arrêtent et la pluie cesse de tomber: «Regarde! Des gens dans ces bâtisses et leurs vêtements sont pauvres». Ces enfants qu'on n'embrasse pas comprennent tant! Maman, aime-moi bien! Ils savent sauter et les tours qu'ils réussissent sont des évolutions mentales.

Ces femmes qu'on n'aime plus se rappellent. Elles ont trop repassé aujourd'hui leurs idées cassantes. Elles ne prient pas; elles sont dévotes aux souvenirs. Elles se blottissent dans le crépuscule comme une ancienne église. Ces femmes renoncent et leurs doigts remueraient pour tresser des couronnes de paille. Avec le jour, elles disparaissent, elles se sont consolées dans le silence. Elles ont franchi beaucoup de portes: les mères protégeaient les berceaux pour que les nouveau-nés ne fussent pas mal doués; quand elles se penchaient les petits enfants souriaient de les savoir si bonnes.

Elles ont souvent remercié et les gestes de leurs avant-bras tremblaient comme leurs paupières.

Enveloppés de brume glacée, des vieillards attendent sans méditer, car les enfants seuls méditent. Animés de pays lointains, de querelles de bêtes, de chevelures durcies, ces vieillards peuvent mendier sans humilité.

D'autres mendiants se sont usés à la vie. Ce sont des infirmes, des béquillards et des bélîtres. Ils s'étonnent d'avoir atteint le but qui est resté bleu et n'est plus l'horizon. Vieillissant, ils sont devenus fous comme des rois qui auraient trop de troupeaux d'éléphants portant de petites citadelles. Il y a des voyageurs qui confondent les fleurs et les étoiles.

Vieillis comme les bœufs meurent vers vingt-cinq ans, les jeunes ont mené des nourrissons allaités à la lune.

Dans un jour pur, des femmes se taisent, leurs corps sont angéliques et leurs regards tremblent.

À propos du danger leurs sourires sont intérieurs. Elles attendent l'effroi pour confesser des péchés innocents.

━━

L'espace d'une année, Picasso vécut cette peinture mouillée, bleue comme le fond humide de l'abîme et pitoyable.

La pitié rendit Picasso plus âpre. Les places supportèrent un pendu s'étirant contre les maisons au-dessus des passants obliques. Ces suppliciés attendaient un rédempteur. La corde surplombait miraculeuse, aux mansardes; les vitres flambaient avec les fleurs des fenêtres.

Dans des chambres, de pauvres artistes-peintres dessinaient à la lampe des nudités toisonnées. L'abandon des souliers de femme près du lit signifiait une hâte tendre.

———

Le calme vint après cette frénésie.

Les arlequins vivent sous les oripeaux quand la peinture recueille, réchauffe ou blanchit ses couleurs pour dire la force et la durée des passions, quand les lignes limitées par le maillot se courbent, se coupent ou s'élancent.

La paternité transfigure l'arlequin dans une chambre carrée, tandis que sa femme se mouille d'eau froide et s'admire svelte et grêle autant que son mari le pantin. Un foyer voisin attiédit la roulotte. De belles chansons s'entrecroisent et des soldats passent ailleurs, maudissant la journée.

L'amour est bon quand on le pare et l'habitude de vivre chez soi double le sentiment paternel. L'enfant rapproche du père, la femme que Picasso voulait glorieuse et immaculée.

Les mères, primipares, n'attendaient plus l'enfant, peut-être à cause de certains corbeaux jaseurs et de mauvais présage.

Noël! Elles enfantèrent de futurs acrobates parmi les singes familiers, les chevaux blancs et les chiens comme les ours.

Les sœurs adolescentes, foulant en équilibre les grosses boules des saltimbanques, commandent à ces sphères le mouvement rayonnant des mondes. Ces adolescentes ont, impubères, les inquiétudes de l'innocence, les animaux leur apprennent le mystère religieux. Des arlequins accompagnent la gloire des femmes, ils leur ressemblent, ni mâles, ni femelles.

La couleur a des matités de fresques, les lignes sont fermes.

23

Mais placés à la limite de la vie, les animaux sont humains et les sexes indécis.

Des bêtes hybrides ont la conscience des demi-dieux de l'Égypte; des arlequins taciturnes ont les joues et le front flétris par les sensibilités morbides.

On ne peut pas confondre ces saltimbanques avec des histrions. Leur spectateur doit être pieux, car ils célèbrent des rites muets avec une agilité difficile. C'est cela qui distinguait ce peintre des potiers grecs dont son dessin approchait parfois. Sur les terres peintes, les prêtres barbus et bavards offraient en sacrifice des animaux résignés et sans destinée. Ici, la virilité est imberbe, mais se manifeste dans les nerfs des bras maigres; des méplats du visage et les animaux sont mystérieux.

Le goût de Picasso pour le trait qui fuit, change et pénètre a produit des exemples presqu'uniques de pointes sèches linéaires où il n'a point altéré les aspects généraux du monde.

⊢━━┥

Ce Malaguêgne nous meurtrissait comme un froid bref. Ses méditations se dénudaient dans le silence. Il venait de loin, des richesses de composition et de décoration brutale des Espagnols du dix septième siècle.

Et ceux qui l'avaient connu se souvenaient de truculences rapides qui n'étaient déjà plus des essais.

Son insistance dans la poursuite de la beauté a tout changé alors dans l'Art.

⊢━━┥

Alors, sévèrement, il a interrogé l'univers. Il s'est habitué à l'immense lumière des profondeurs. Et parfois, il n'a pas dédaigné de confier à la clarté, des objets authentiques, une chanson de deux sous, un timbre poste véritable, un morceau de toile cirée sur laquelle est imprimée la cannelure d'un siège. L'art du peintre n'ajouterait aucun élément pittoresque à la vérité de ces objets.

La surprise rit sauvagement dans la pureté de la lumière et c'est légitimement que des chiffres, des lettres moulées apparaissent comme des éléments pittoresques, nouveaux dans l'art, et depuis longtemps déjà imprégnés d'humanité.

———

Il n'est pas possible de deviner les possibilités, ni toutes les tendances d'un art aussi profond et aussi minutieux.

L'objet réel ou en trompe-l'œil est appelé sans doute à jouer un rôle de plus en plus important. Il est le cadre intérieur du tableau et en marque les limites profondes, de même que le cadre en marque les limites extérieures.

———

Imitant les plans pour représenter les volumes, Picasso donne des divers éléments qui composent les objets une énumération si complète et si aiguë qu'ils ne prennent point figure d'objet grâce au travail des spectateurs qui, par force, en perçoivent la simultanéité, mais en raison même de leur arrangement.

Cet art est-il plus profond qu'élevé? Il ne se passe point de l'observation de la nature et agit sur nous aussi familièrement qu'elle-même.

———

Il y a des poètes auxquels une muse dicte leurs œuvres, il y a des artistes dont la main est dirigée par un être inconnu qui se sert d'eux comme d'un instrument. Pour eux, point de fatigue, car ils ne travaillent point et peuvent beaucoup produire, à toute heure, tous les jours, en touts pays et en toute saison, ce ne sont point des hommes, mais des instruments poétiques ou artistiques. Leur raison est sans force contre eux-mêmes, ils ne luttent point et leurs œuvres ne portent point de traces de lutte. Ils ne sont point divins et peuvent se passer d'eux-mêmes. Ils sont comme le prolongement de la nature et leurs œuvres ne passent point par l'intelligence. Ils peuvent être émouvants sans que les harmonies qu'ils suscitent se soient humanisées. D'autres poètes, d'autres artistes au contraire sont là qui s'efforcent, ils vont vers la nature et n'ont avec elle aucun voisinage immédiat, ils doivent tout tirer d'eux-mêmes et nul démon, aucune muse ne les inspire. Ils habitent dans la solitude et rien n'est exprimé que ce qu'ils ont eux-mêmes balbutié, balbutié si souvent qu'ils arrivent parfois d'efforts en efforts, de tentatives en tentatives à formuler ce qu'ils souhaitent formuler. Hommes créés à l'image de Dieu, ils se reposeront un jour pour admirer leur ouvrage. Mais que de fatigues, que d'imperfection, que de grossièretés?

▭

Picasso, c'était un artiste comme les premiers. Il n'y a jamais eu de spectacle aussi fantastique que cette métamorphose qu'il a subie en devenant un artiste comme les seconds.

▭

Pour Picasso le dessein de mourir se forma en regardant les sourcils circonflexes de son meilleur ami qui cavalcadaient dans l'inquiétude. Un autre de ses amis l'amena un jour sur les confins d'un pays mystique où les habitants étaient à la fois si simples et si grotesques qu'on pouvait les refaire facilement.

Et puis vraiment, l'anatomie par exemple, n'existait plus dans l'art, il fallait la réinventer et exécuter son propre assassinat avec la science et la méthode d'un grand chirurgien.

▭

La grande révolution des arts qu'il a accomplie presque seul, c'est que le monde est sa nouvelle représentation.

Énorme flamme.

Nouvel homme, le monde est sa nouvelle représentation. Il en dénombre les éléments, les détails avec une brutalité qui sait aussi être gracieuse. C'est un nouveau-né qui met de l'ordre dans l'univers pour son usage personnel, et aussi afin de faciliter ses relations avec ses semblables. Ce dénombrement, a la grandeur de l'épopée, et, avec l'ordre, éclatera le drame. On peut contester un système, une idée, une date, une ressemblance, mais je ne vois pas comment on pourrait contester la simple action du numérateur. Du point de vue plastique, on peut trouver que nous aurions pu nous passer de tant de vérité, mais cette vérité apparue, elle devient nécessaire. Et puis, il y a des pays. Une grotte dans une forêt où l'on faisait des cabrioles, un passage à dos de mule au bord d'un précipice et l'arrivée dans un village où tout sent l'huile chaude et le vin rance. C'est encore la promenade vers un cimetière et l'achat d'une couronne en faïence (couronne d'immortelles) et la mention *Mille Regrets* qui est inimitable. On m'a aussi parlé de candélabres en terre glaise qu'il fallait appliquer sur une toile pour qu'ils en parussent sortir. Pendeloques de cristal, et ce fameux retour du Havre.

Moi, je n'ai pas la crainte de l'Art et je n'ai aucun préjugé touchant la matière des peintres.

Les mosaïstes peignent avec des marbres ou des bois de couleur. On a mentionné un peintre italien qui peignait avec des matières fécales; sous la Révolution française, quelqu'un peignit avec du sang. On peut peindre avec ce qu'on voudra, avec des pipes, des timbres-poste, des cartes postales ou à jouer, des candélabres, des morceaux de toile cirée, des faux-cols, du papier peint, des journaux.

Il me suffit, à moi, de voir le travail, il faut qu'on voie le travail, c'est par la quantité de travail fournie par l'artiste, que l'on mesure la valeur d'une œuvre d'art.

Contrastes délicats, les lignes parallèles, un métier d'ouvrier, quelquefois l'objet même, parfois une indication, parfois une énumération qui s'individualise, moins de douceur que de grossièreté. On ne choisit pas dans le moderne, de même qu'on accepte la mode sans la discuter.

Peinture... Un art étonnant et dont la lumière est sans limites.

Georges BRAQUE

Les apparences paisibles dans la généralisation plastique, c'est ce que, dans une région tempérée, a rejoint l'art de Georges Braque.

Georges Braque est le premier parmi les peintres nouveaux, qui après sa métamorphose esthétique, ait pris contact avec le public.

Cet événement capital se passa au Salon des Indépendants en 1908.

Le rôle historique du Salon des Indépendants commence à être aujourd'hui bien défini.

L'art du XIXe siècle—art par lequel s'est encore manifestée l'intégrité du génie français—n'est qu'une longue révolte contre la routine académique, à laquelle les rebelles opposaient les traditions authentiques qui échappent aux maîtres de cet art dégénéré que défend la citadelle de la rue

Bonaparte.

Le Salon des Indépendants joue, depuis sa fondation, un rôle prépondérant dans l'évolution de l'art moderne et tour à tour il nous révèle les tendances et les personnalités qui, depuis vingt-cinq ans, font corps et âme avec l'histoire de la peinture française, la seule qui compte aujourd'hui, qui poursuive à la face de l'univers la logique des grandes traditions et qui manifeste toujours une grande intensité de vie.

Il convient d'ajouter que les grotesques ne paraissent pas au Salon des Indépendants dans une proportion supérieure à celle où ils se montrent, avec un art soi-disant légitime, dans les salons officiels.

Du reste, la culture artistique, de nos jours, ne relève plus d'une discipline sociale. Et ce n'est pas le moindre mérite de l'art qui se manifesta, en 1908, dans une œuvre de Georges Braque, que de s'accorder avec la société où il évolue.

Ce fait, qui ne s'était plus produit depuis la bonne période de la peinture hollandaise constitue, en somme, l'élément social de la Révolution dont Georges Braque fut l'orateur.

Elle aurait été avancée de deux ou trois ans si Picasso avait exposé, mais le silence lui était nécessaire et qui sait si les moqueries auxquelles fut alors en butte un Georges Braque, n'eussent point détourné un Picasso du chemin difficile où il avait d'abord marché tout seul.

Mais en 1909, la révolution qui renouvela les arts plastiques était faite. Les plaisanteries du public et de la critique ne pouvaient plus l'empêcher.

Plus peut-être que des nouveautés qui paraissaient dans les tableaux de Braque, on s'étonna que quelqu'un parmi les jeunes peintres, sans se laisser aller à l'afféterie des illustrateurs, remit en honneur l'ordre et le métier, sans quoi il n'y a point d'art.

* *

Voici donc Georges Braque. Son rôle fut héroïque. Son art paisible est admirable. Il s'efforce gravement. Il exprime une beauté pleine de tendresse et la nacre de ses tableaux irise notre entendement. Ce peintre est angélique.

Il a enseigné aux hommes et aux autres peintres l'usage esthétique de formes si inconnues que quelques poètes seuls les avaient soupçonnées. Ces signes lumineux brillent autour de nous, mais quelques peintres seuls en ont dégagé la signification plastique. Le travail, surtout dans ses réalisations les plus grossières, contient une multitude d'éléments esthétiques dont la nouveauté est toujours d'accord avec le sentiment du sublime qui permet à l'homme d'ordonner le chaos: il ne faut pas mépriser ce qui paraît neuf, ou ce qui est sali ou ce qui nous sert, le faux bois ou le faux marbre des peintres en bâtiment. Même si ces apparences paraissent triviales, il faut, lorsque l'action réclame un homme, qu'il parte de ces trivialités.

Je déteste les artistes qui ne sont pas de leur époque et de même que le langage du peuple était pour Malherbe le bon langage de son époque, le métier de l'artisan, du peintre en bâtiment devrait être pour l'artiste la plus vigoureuse expression matérielle de la peinture.

On dira: Georges Braque le vérificateur. Il a vérifié toutes les nouveautés de l'art moderne et en vérifiera encore.

Jean METZINGER

Aucun jeune peintre contemporain n'a connu autant

d'injustices que Jean Metzinger, n'a montré plus d'opiniâtreté que cet artiste raffiné, l'un des plus purs qu'ils soient aujourd'hui. Il n'a jamais refusé d'accepter la leçon des événements. Dans le douloureux voyage qu'il a fait à la recherche d'une discipline, Jean Metzinger s'est arrêté dans toutes les villes bien policées qu'il a rencontrées sur son chemin.

Nous l'avons rencontré tout d'abord dans cette élégante et moderne cité du Néo-Impressionnisme dont Georges Seurat fut le fondateur et l'architecte.

━━

On n'apprécie pas encore ce grand peintre à sa valeur.

Ses œuvres ont, dans le dessin, la composition, la discrétion même des luminosités contrastées, un style qui les met à part et peut-être bien au-dessus de la plupart des ouvrages des peintres, ses contemporains.

Aucun peintre ne me fait songer à Molière comme Seurat, au Molière du *Bourgeois gentilhomme* qui est un ballet plein de grâce, de lyrisme et de bon sens. Et des toiles comme *Le Cirque* ou *Le Chahut* sont aussi des ballets pleins de grâce, de lyrisme et de bon sens.

Les peintres néo-impressionnistes sont ceux qui, pour citer Paul Signac «ont instauré et, depuis 1886, développé la technique dite de la division en employant comme mode d'expression le mélange optique des tons et des teintes.» Cette technique pourrait être rattachée à l'art des mosaïstes byzantins, et je me souviens qu'un jour, dans une lettre adressée à M. Charles Morice, Signac se réclamait aussi de la Libreria de Sienne.

Cette technique si lumineuse et qui mettait de l'ordre dans les nouveautés impressionnistes, fut devinée, appliquée même, par Delacroix, auquel elle avait été révélée par l'examen des tableaux de Constable.

C'est Seurat qui, en 1886, exposa le premier tableau divisé. *Un dimanche à la Grande-Jatte.* C'est, lui qui a porté le plus loin le contraste des complémentaires dans la construction des tableaux. L'influence de Seurat se fait aujourd'hui sentir jusqu'à l'École des Beaux-Arts et fécondera encore la peinture.

Jean Metzinger joua un rôle parmi les divisionnistes raffinés et laborieux. Cependant les minutes colorées du néo-impressionnisme ne servaient encore qu'à indiquer quels éléments formaient le style d'une époque qui, dans presque toutes ses manifestations artistiques ou industrielles, en paraissait dénuée aux yeux des contemporains. Seurat, avec une précision que l'on peut appeler génie, a tracé de son époque quelque tableaux où la fermeté du style est égale à la netteté presque scientifique de la conception, (*Le Chahut, Le Cirque* qui ressortissent presque au «cubisme scientifique»). Il a tout redressé dans l'art de son temps pour fixer les gestes qui caractérisent cette *fin de siècle*, cette fin du XIXe siècle, où tout fut anguleux, énervant puérilement insolent et sentimentalement comique.

Un aussi beau spectacle intellectuel ne pouvait guère se prolonger et une fois que le style pittoresque qui se dégage de l'art du XIXe siècle eut été indiqué, le néo-impressionnisme cessa de jouer un rôle intéressant. Il n'apportait point d'autres nouveautés que le contraste des complémentaires et indiquait la valeur esthétique des nouveautés qu'avaient découvertes les écoles précédentes depuis la fin de XVIIIe siècle. Trop d'éléments nouveaux sollicitaient les jeunes artistes-peintres. Ils ne pouvaient s'immobiliser dans un art qui, étant la dernière et la plus stricte expression d'une période artistique, devait donner du premier coup sa mesure.

———

Cette discipline devenait un règlement ennuyeux. Les grands cris colorés des Fauves éclataient au loin. Ils attirèrent Jean Metzinger et lui apprirent sans aucun doute la signification symbolique des couleurs, les formes qu'elles représentent et lorsque de cette cité barbare et non sauvage, adonnée au luxe et aux orgies violentes, les Barbares s'en furent allés, les Fauves eurent cessé de rugir, il n'y resta plus que quelques bureaucrates paisibles qui ressemblaient trait pour trait aux fonctionnaires de la rue Bonaparte, à Paris. Et le Royaume des Fauves dont la civilisation paraissait si neuve, si puissante, si éclatante, prit soudain l'aspect d'un village abandonné.

———

C'est alors que Jean Metzinger allant à la rencontre de Picasso et de Braque, fonda la ville des cubistes. La discipline y est stricte mais ne risque pas encore de devenir un système et la liberté y est plus grande que partout ailleurs.

———

De sa fréquentation chez les néo-impressionnistes, Jean Metzinger a gardé un goût pour la minutie, goût qui n'est point médiocre.

Rien d'inachevé dans son œuvre, rien non plus qui ne soit le fruit d'une rigoureuse logique et s'il s'est jamais trompé, ce que je ne sais pas et qu'il m'importe peu de savoir, ce n'est point au hasard. Son œuvre sera un des documents les plus certains lorsqu'on voudra expliquer l'art de notre époque. C'est grâce aux tableaux de Metzinger que l'on pourra faire le départ entre ce qui a une valeur esthétique dans notre art et ce qui n'en a point. Une peinture de Metzinger contient toujours sa propre explication. C'est peut-être là une noble

33

faiblesse, mais c'est certainement d'une haute conscience et je crois un cas unique dans l'histoire des arts.

Dès que l'on aborde un tableau de Metzinger on sent que l'artiste a eu le ferme désir de ne prendre au sérieux que ce qui est sérieux et que les événements, selon une méthode qui me paraît excellente, lui fournissent les éléments plastiques de son art. Mais s'il les accepte tous, il ne les utilise point au hasard. Son œuvre est sain, plus sain sans aucun doute que ceux de la plupart des artistes, ses contemporains. Il ravira ceux qui aiment à connaître les raisons des choses et ces raisons ont de quoi satisfaire l'esprit.

Les ouvrages de Jean Metzinger ont de la pureté. Ses méditations prennent des formes belles, dont l'agrément tend à s'approcher du sublime. Les ensembles nouveaux qu'il compose sont entièrement dépouillés de tout ce que l'on connaissait avant lui.

Son art de plus en plus abstrait mais toujours agréable aborde et tache à résoudre les problèmes les plus difficiles et les plus imprévus de l'esthétique.

Chacune de ses œuvres renferme un jugement sur l'univers et son œuvre entier ressemble au firmament nocturne quand il est pur de tout nuage et qu'il y tremble d'adorables lueurs.

Et rien d'inachevé dans son œuvre, la poésie y ennoblit les plus petits détails.

Albert GLEIZES

Les œuvres d'Albert Gleizes sont de puissantes harmonies, que l'on doit séparer du cubisme théorique tel que l'ont instauré les peintres scientifiques. Je me souviens de ses

34

essais. On y sentait déjà la volonté de ramener son art à ses éléments les plus simples. À ses débuts, Albert Gleizes se trouva vis-à-vis des écoles qui florissaient: les derniers impressionnistes, les symbolistes, dont quelques-uns étaient devenus les intimistes, les néo-impressionnistes divisionnistes et les Fauves, à peu près dans la situation où se trouvait le douanier Rousseau vis-à-vis de l'académisme et de l'intellectualisme des salons officiels.

C'est alors qu'il comprit les travaux de Cézanne, qui avait influencé les œuvres des premiers cubistes.

Alors se développèrent ces harmonies, qui sont parmi ce que les arts plastiques ont produits de plus sérieux, de plus digne d'attention depuis une dizaine d'années.

Les portraits d'Albert Gleizes montrent suffisamment que dans son art, comme dans l'art de la plupart des peintres nouveaux, l'individuation des objets n'est pas seulement le travail des spectateurs.

On regarde souvent les tableaux d'Albert Gleizes et ceux de beaucoup de jeunes peintres comme de timides généralisations.

Et cependant dans la plupart des tableaux nouveaux, les caractères individuels sont encore marqués avec une fermeté, une minutie même qui ne saurait échapper à ceux qui ont vu travailler les nouveaux peintres, qui ont regardé leurs peintures avec un peu d'attention.

La molle généralisation est plutôt le fait des peintres intellectuels de décadence. Quels caractères individuels y a-t-il dans la peinture d'un Henry de Groux qui généralise le sentiment décadent des imitateurs de Baudelaire, dans les tableaux d'un Zuloaga qui généralise l'Espagne conventionnelle des derniers romantiques? La véritable généralisation comporte une individualisation plus profonde et qui vit dans la lumière ainsi que dans les tableaux mêmes des impressionnistes à la Claude Monet, à la Seurat (à la Picasso même), qui généralisent, leur sincérité et ont renoncé à préciser les caractères superficiels. Il n'y a pas un arbre, pas une maison, pas un personnage auquel les impressionnistes aient gardé un caractère individuel.

C'est un peintre impressionniste qui, avant de faire un portrait, commençait par dire qu'il ne le ferait point ressemblant.

Mais il y a une généralisation plus vaste encore et plus précise à la fois. C'est ainsi que le portrait est une des branches importantes de l'art des peintres nouveaux. Ils pourraient toujours garantir la ressemblance et je n'ai jamais vu aucun de leurs portraits qui ne fût ressemblant.

━━

Quel souci de la réalité, des caractères individuels, ont bien pu avoir des peintres comme Bouguereau, comme Henner?

Chez beaucoup de peintres nouveaux chaque conception plastique, est encore individualisée dans la généralisation avec une patience qu'il faut bien reconnaître.

Parce qu'ils ne se soucient ni de chronologie, ni d'histoire, ni de géographie, parce qu'ils rapprochent ce qu'on n'avait pas rapproché, parce qu'un Gleizes tente de dramatiser les objets qu'il dépeint en en dégageant les éléments d'émotion artistique, on peut dire que le but de leur art, est d'une précision sublime.

━━

Toutes les figures des tableaux d'Albert Gleizes, ne sont pas la même figure, tous les arbres, un arbre, tous les fleuves, un fleuve, mais le spectateur, s'il peut s'élever jusqu'aux idées générales pourra fort bien généraliser cette figure, cet arbre ou ce fleuve parce que le travail du peintre a fait monter ces objets à un degré supérieur de plasticité, a un degré de plasticité tel, que tous les éléments qui en constituent les caractères individuels sont représentés avec la même majesté dramatique.

━━

La majesté, voilà ce qui caractérise avant tout l'art d'Albert Gleizes. Il apporta ainsi dans l'art contemporain une émouvante nouveauté. On ne la trouve avant lui, que chez peu de peintres modernes. Cette majesté éveille l'imagination, provoque l'imagination et considérée du point de vue plastique elle est l'immensité des choses.

━━

Cet art est vigoureux. Les tableaux d'Albert Gleizes sont réalisés par une force de même sorte que celles qui ont réalisé les Pyramides et les cathédrales, qui réalisent les constructions métalliques, les ponts et les tunnels.

Ces œuvres ont parfois ce côté un peu inhabile des grandes œuvres, de celles que l'humanité met le plus haut parce qu'en effet le dessein de celui qui les fit était toujours de faire le mieux possible. Et le plus pur sentiment que puisse avoir de son art un artiste c'est de faire de son mieux et c'en est un bas que de se contenter de réussir ses œuvres sans effort, sans travail, sans avoir fait le mieux possible.

━━━━

Mlle Marie LAURENCIN

Notre époque a permis aux talents féminins de s'épanouir dans les Lettres et dans les Arts.

Les femmes apportent dans l'art comme une vision neuve et pleine d'allégresse de l'univers.

Il y a eu des peintres femmes à toutes les époques, et cet art merveilleux offre à l'attention, à l'imagination, des agréments si délicats que l'on ne s'étonnerait point s'il y avait eu un plus grand nombre de peintresses.

Le XVIe siècle italien a produit Sophonisba Angussola, célébrée par Lanzi et Vasari. Paul IV et le roi d'Espagne se disputèrent ses ouvrages. Il y en a à Madrid, à Florence, à Gênes, à Londres. Le Louvre n'en possède point. Née à Crémone vers 1530, elle dépassa vite son maître Bernadino, et, porta loin l'art du portrait. Les modernes ont parfois attribué certains de ces tableaux au Titien lui-même. Après avoir remporté les plus grands succès à la cour de Philippe II, elle finit par se retirer à Gênes, où elle devint aveugle. Lanzi dit qu'elle passait pour la personne de son siècle qui raisonnait le mieux sur les arts, et Van Dyck, qui vint l'écouter, affirma qu'il avait plus appris de cette vieille femme aveugle que du peintre *le plus clairvoyant.*

Sophonisba Angussola, est jusqu'à présent l'exemple le plus élevé d'une gloire féminine acquise grâce aux arts plastiques.

━━

Mlle Marie Laurencin, a su exprimer, dans l'art majeur de la peinture, une esthétique entièrement féminine.

Dès ses premières peintures, ses premiers dessins, ses premières eaux fortes, bien que ces essais ne se signalassent que par une certaine simplicité naturelle, on pouvait deviner que l'artiste qui allait bientôt se révéler exprimerait un jour la grâce et le charme du monde.

Elle produisit alors des tableaux où les arabesques devenaient des figures délicates.

Depuis ce temps, à travers ses recherches, on retrouve toujours cette arabesque féminine dont elle a su garder intacte la connaissance.

Tandis qu'un Picasso se préoccupe, en exaltant le pittoresque encore inconnu d'un objet, de lui faire rendre tout ce qu'il peut donner comme émotion esthétique. Mlle Laurencin dont l'art est issu de ceux d'Henri Matisse et de Picasso, s'adonne, avant tout, à exprimer la nouveauté pittoresque des objets et des figures. Aussi son art est-il moins sévère que celui de Picasso, art avec lequel cependant le sien ne va pas sans analogies. C'est qu'il est la numération des éléments qui composent son tableau. Elle s'attache ainsi à la nature, l'étudiant avec acharnement, mais écartant avec soin ce qui n'est ni jeune, ni gracieux, et les éléments inconnus des choses, elle ne les accueille que s'ils apparaissent sous un aspect juvénile.

Je pense que c'est de propos délibéré qu'elle a orienté ainsi son art vers la jeune nouveauté ou grave ou riante. L'esthétique féminine qui ne s'est guère montrée jusqu'ici que dans les arts appliqués comme la dentelle et la broderie avait avant tout à exprimer dans la peinture la nouveauté même de cette féminité. Plus tard, il viendra des femmes qui exploreront d'autres aspects féminins de l'univers.

Comme artiste, on peut placer Mlle Laurencin entre Picasso et le douanier Rousseau. Ce n'est pas là une indication hiérarchique mais une simple constatation de parenté. Son art danse comme Salomé entre celui de Picasso, nouveau Jean-Baptiste qui lave les Arts dans le baptême de la lumière, et celui de Rousseau, Hérode sentimental, vieillard somptueux et puéril que l'amour amena sur les confins de l'intellectualisme, c'est là que les anges vinrent distraire sa douleur, ils l'empêchèrent de pénétrer dans l'affreux royaume dont il était devenu le *Douanier* et ce vieillard, finalement, ils l'admirent dans leur troupe et il lui vint de lourdes ailes.

⊨

La jeunesse artistique a déjà témoigné de l'honneur où elle tient les œuvres de ce pauvre vieil ange qu'était Henri

Rousseau *le Douanier*, qui mourut en 1910, à la fin de l'été. On pourrait aussi l'appeler le maître de Plaisance, tant à cause du quartier où il demeurait qu'en raison de ce qui rend ses tableaux si agréables à regarder.

Peu d'artistes ont été plus moqués durant leur vie que le Douanier et peu d'hommes opposèrent un front plus calme aux railleries, aux grossièretés dont on l'abreuvait. Ce vieillard courtois conserva toujours la même tranquillité d'humeur et par un tour heureux de son caractère, il voulait voir dans les moqueries mêmes l'intérêt que les plus malveillants à son égard étaient en quelque sorte obligés de témoigner à son œuvre. Cette sérénité n'était que de l'orgueil bien entendu. Le Douanier avait conscience de sa force. Il lui échappa une ou deux fois de dire qu'il était le plus fort des peintres de son temps. Et, il est possible que sur bien des points il ne se trompât point de beaucoup. C'est que s'il lui a manqué dans sa jeunesse une éducation artistique (et cela se sent), il semble que, sur le tard, lorsqu'il voulut peindre, il ait regardé les maîtres avec passion et que presque seul d'entre les modernes, il ait deviné leurs secrets.

Ses défauts consistent seulement parfois dans un excès de sentiment, presque toujours dans une bonhomie populaire au-dessus de laquelle il n'aurait pu s'élever et qui contrastait un peu fort avec ses entreprises artistiques et avec l'attitude qu'il avait pu prendre dans l'art contemporain.

Mais à côté de cela que de qualités! Et il est bien significatif que la jeunesse artistique les ait devinées! On peut l'en féliciter, surtout si son intention n'est pas seulement de les honorer, mais encore de les recueillir.

Le Douanier allait jusqu'au bout de ses tableaux, chose bien rare aujourd'hui. On n'y trouve aucun maniérisme, aucun procédé, aucun système. De là vient la variété de son œuvre. Il ne se défiait pas plus de son imagination que de sa main. De là viennent la grâce et la richesse de ses compositions décoratives. Comme il avait fait la campagne du Mexique, il avait gardé un souvenir plastique et poétique très précis de la végétation et de la faune tropicales.

Il en est résulté que ce Breton, vieil habitant des faubourgs parisiens est sans aucun doute le plus étrange, le plus audacieux et le plus charmant des peintres de l'exotisme. Sa *Charmeuse de Serpents* le montre assez. Mais Rousseau ne fut pas seulement un décorateur, ce n'était pas non plus un imagier, c'était un peintre. Et c'est cela qui rend la compréhension de ses œuvres si difficile à quelques personnes. Il avait de l'ordre et cela se remarque non seulement dans ses tableaux, mais encore dans ses dessins ordonnés comme des miniatures persanes. Son art avait de la pureté, il comporte dans les figures féminines, dans la construction des arbres, dans le chant harmonieux des différents tons d'une même couleur, un style qui n'appartient qu'aux peintres français, et qui signale les tableaux français où qu'ils se trouvent. Je parle, bien entendu, des tableaux de maîtres.

La volonté de ce peintre était des plus fortes. Comment en douter devant ses minuties qui ne sont pas des faiblesses, comment en douter quand s'élève le chant des bleus, la mélodie des blancs dans cette *Noce* où une figure de vieille paysanne fait penser à certains Hollandais.

Comme peintre de portraits, Rousseau est incomparable. Un portrait de femme à mi-corps avec des noirs et des gris délicats est poussé plus loin qu'un portrait de Cézanne. J'ai eu deux fois l'honneur d'être peint par Rousseau, dans son petit atelier clair de la rue Perrel, je l'ai vu souvent travailler et je sais quel souci il avait de tous les détails, quelle faculté il avait de garder la conception primitive et définitive de son tableau jusqu'à ce qu'il l'eût achevé et aussi qu'il n'abandonnait rien au hasard et rien surtout de l'essentiel.

Parmi les belles esquisses de Rousseau, rien de si étonnant que la petite toile intitulée *La Carmagnole*. (C'est l'esquisse du *Centenaire de l'Indépendance*, sous lequel Rousseau avait écrit:

> Auprès de ma blonde
> Qu'il fait bon, fait bon, fait bon...)

Un dessin nerveux, la variété, l'agrément et la délicatesse des tons font de cette esquisse un petit morceau excellent. Ses tableaux de fleurs montrent les ressources de charme et d'accent qui étaient dans l'âme et la main du vieux Douanier.

⊢━┥

Au demeurant, on peut faire remarquer ici que ces trois peintres, entre lesquels je n'établis aucune hiérarchie, mais dont je cherche à discerner tout simplement les degrés de parenté soient des portraitistes de l'ordre le plus élevé.

Dans l'œuvre génial de Picasso, les portraits occupent une place importante et quelques-uns d'entre eux (le *portrait de M. Vollard*, le *portrait de M. Kahnweiler*) prendront rang parmi les chefs-d'œuvre. Les portraits du douanier Rousseau m'apparaissent comme des œuvres prodigieuses, dont il nous est encore impossible de mesurer toute la beauté. Les portraits, forment aussi une importante partie de l'œuvre de Mlle Laurencin.

L'élément prophétique de l'œuvre d'un Picasso et l'élément intellectuel qui, malgré tout, entrait dans la peinture de Rousseau, peinture de vieillard, tout cela se retrouve ici transformé en un élément pittoresque entièrement nouveau. Il est analogue à la danse et c'est en peinture une numération rythmée infiniment gracieuse.

Tout ce qui jusqu'ici composait l'originalité, la délicatesse des arts féminins dans la dentelle, la broderie, la Tapisserie de Bayeux, etc., nous le retrouvons ici transfiguré, purifié. L'art féminin est devenu un art majeur et on ne le confondra plus avec l'art masculin. L'art féminin est fait de bravoure, de courtoisie, d'allégresse. Il danse dans la lumière et s'alanguit dans le souvenir. Il n'a jamais connu l'imitation, il n'est jamais descendu aux bassesses de la perspective. C'est un art heureux.

À propos d'un des tableaux les plus tendres de Mlle Laurencin, *La Toilette*, M. Mario Meunier, alors secrétaire de M. Rodin et traducteur excellent de Sapho, de Sophocle, de Platon, rapportait une anecdote amusante. Il montrait au sculpteur quelques photographies représentant des tableaux de l'école des Fauves, il s'y trouvait aussi, par hasard, la reproduction du tableau de Mlle Laurencin: «Au moins, dit l'illustre vieillard, en voilà une qui n'est pas qu'une *fauvette*, elle sait ce qu'est la grâce, elle est serpentine.»

C'est cela même: la peinture féminine est serpentine et c'est peut-être cette grande artiste du mouvement et des couleurs, la Loïe Füller, qui fut le précurseur de l'art féminin d'aujourd'hui quand elle inventa ces lumières successives où se mêlaient la peinture, la danse et la grâce et que l'on appela justement: la danse serpentine.

Et c'est à propos d'une autre œuvre de femme que l'humeur perspicace de Rodin a retrouvé ce mot là!

L'art féminin, l'art de Mlle Laurencin, tend à devenir une pure arabesque humanisée par l'observation attentive de la nature et qui, étant expressive, s'éloigne de la simple décoration tout en demeurant aussi agréable.

Juan GRIS

Voici l'homme qui a médité sur tout ce qui est moderne, voici l'artiste-peintre qui ne veut concevoir que des ensembles nouveaux, qui ne voudrait dessiner, peindre que des formes matériellement pures.

Ses bouffonneries étaient sentimentales. Il pleurait comme dans les romances au lieu de rire comme dans les chansons bachiques. Il ignore encore que la couleur est une forme du réel. Et le voici qui découvre les minuties de la pensée. Il les découvre une à une et ses premières toiles ont l'aspect de préparations pour des chefs-d'œuvre. Peu à peu les petits génies de la peinture se rejoignent. Les collines pâles se peuplent. Les flammes bleuâtres des fourneaux à gaz, les ciels aux formes retombantes de saules pleureurs, des feuilles mouillées. Il conserve à ses tableaux l'aspect humide des façades nouvellement repeintes. Le papier peint aux murs d'une chambre, un chapeau haut de forme, le désordre des affiches sur un grand mur, tout cela peut bien servir à animer une toile, à donner au peintre une limite dans ce qu'il se propose de peindre. Les grandes formes acquièrent ainsi une sensibilité. Elles ne sont plus ennuyeuses. Cet art d'ornement s'acharne à recueillir pieusement et à ranimer les derniers vestiges de l'art classique, tels que les dessins d'Ingres et les portraits de David. Il atteint au style comme fit un Seurat sans rien avoir de sa nouveauté théorique.

―

C'est certainement dans cette direction que cherche Juan Gris. Sa peinture s'éloigne de la musique, c'est dire qu'elle s'efforce avant tout à la réalité scientifique. Juan Gris a tiré des études qui le rattachent à son seul maître, Picasso, un dessin qui parut d'abord géométrique et qui est caractérisé jusqu'au style.

―

Cet art, s'il progresse dans la direction qu'il a prise, pourrait aboutir non à l'abstraction scientifique mais à l'arrangement esthétique qui, en définitive, peut être considéré comme le but le plus élevé de l'art scientifique. Plus de formes suggérées par l'habileté du peintre, plus de couleurs même qui sont aussi des formes suggérées. On utiliserait des objets dont l'arrangement capricieux aurait un sens esthétique qui ne serait point niable. Cependant, l'impossibilité qu'il y a de mettre dans une toile, un homme en chair et en os, une armoire à glace ou la Tour Eiffel, forceront le peintre à revenir aux méthodes de la véritable peinture, ou bien à borner son talent à développer l'art mineur de la montre—il y a aujourd'hui des vitrines de magasins admirablement arrangées—ou encore celui du tapissier, à moins que ce ne soit celui du jardinier-paysagiste.

Les deux derniers arts mineurs n'ont pas été sans influencer les peintres, celui de la montre aura une influence analogue. Il ne causera aucun tort à la peinture parce qu'il ne saurait se substituer à elle pour la représentation des objets périssables. Juan Gris est trop peintre pour renoncer à la peinture.

Nous le verrons peut-être tenter ce grand art de la surprise, son intellectualisme et l'étude attentive de la nature lui fourniraient des éléments imprévus dont le style se dégagerait comme il se dégage aujourd'hui des constructions métalliques des ingénieurs: grands magasins, garages, voies ferrées, aéroplanes. L'art n'ayant aujourd'hui qu'un rôle social bien limité à remplir, il est juste qu'il se donne la tâche désintéressée d'étudier scientifiquement et même sans aucun dessein esthétique, l'immense étendue de son domaine.

L'art de Juan Gris est une expression trop rigoureuse et trop pauvre du cubisme scientifique, issu de Picasso; art profondément intellectualiste où la couleur n'a qu'une signification symbolique. Cependant, tandis que l'art de Picasso est conçu dans la lumière (impressionisme) celui de Juan Gris se contente de la pureté conçue scientifiquement.

Les conceptions de Juan Gris prennent toujours une apparence pure et de cette pureté s'élanceront, sans doute, un jour, des parallèles.

Fernand LÉGER

Fernand Léger est un des artistes bien doués de sa génération. Il ne s'est pas attardé longtemps à cette peinture post-impressioniste qui date d'hier à peine et nous paraît déjà si lointaine. J'ai vu quelques essais de Léger à ses débuts dans l'art.

Baignades du soir, la mer horizontale, les têtes déjà parsemées comme dans les difficiles compositions que seul avait abordées Henri Matisse.

Ensuite, après des dessins entièrement nouveaux, Léger voulut s'adonner à la peinture pure.

Les bûcherons portaient sur eux la trace des coups que leur cognée laissait aux arbres et la couleur générale participait de cette lumière verdâtre et profonde qui descend des frondaisons.

———

L'œuvre de Léger fut ensuite une féerie où souriaient des personnages noyés dans des parfums. Personnages indolents qui, voluptueusement, transforment la lumière de la ville en multiples et délicates colorations ombrées, souvenirs des vergers normands. Toutes les couleurs bouillonnent. Puis, il en monte une vapeur et lorsqu'elle s'est dissipée voilà des couleurs choisies. Une sorte de chef-d'œuvre est né de cette fougue, il s'appelle *Le Fumeur*.

Il y a donc, chez Léger, un désir de tirer d'une composition toute l'émotion esthétique quelle peut donner. Le voilà qui amène un paysage au plus haut degré de plasticité.

Il en écarte tout ce qui n'aide point à donner à sa conception l'aspect agréable d'une heureuse simplicité.

Il est un des premiers qui résistant à l'antique instinct de l'espèce, à celui de la race, se soient livrés avec bonheur à l'instinct de la civilisation où il vit.

C'est un instinct auquel résistent beaucoup plus de gens qu'on ne croit. Chez d'autres il devient une frénésie grotesque, la frénésie de l'ignorance. Chez d'autres enfin, il consiste à tirer parti de tout ce qui nous vient par les cinq sens.

Quand je vois un tableau de Léger, je suis bien content. Ce n'est pas une transposition stupide où l'on a appliqué quelques habiletés de faussaire. Il ne s'agit pas non plus

47

d'une œuvre dont l'auteur a fait comme tous ont voulu faire aujourd'hui. Il y en a tant qui veulent se refaire une âme, un métier comme au XVe ou au XIVe ^{siècle}, il y en a de plus habiles encore qui vous forgent une âme du siècle d'Auguste où de celui de Périclès, en moins de temps qu'il faut à un enfant pour apprendre à lire. Non, il ne s'agit point avec Léger d'un de ces hommes qui croient que l'humanité d'un siècle est différente de celle d'un autre siècle et qui confondent Dieu avec un costumier, en attendant de confondre leur costume avec leur âme. Il s'agit d'un artiste semblable à ceux du XIVe et du XVe siècle, à ceux du temps d'Auguste ou de Périclès; ni plus, ni moins, et pour la gloire et les chefs-d'œuvre, que le peintre s'aide, le ciel l'aidera.

⊨

Le sculpteur Manolo lorsqu'il traversait des temps difficiles se rendit une fois chez un marchand de tableaux, qui avait alors la réputation de protéger volontiers les talents inconnus.

Manolo avait l'intention de lui vendre quelques dessins et il se fit annoncer.

Le marchand fit dire à Manolo qu'il ne le connaissait point.

«Allez dire à M. l'Expert que je suis Phidias» répliqua Manolo.

Mais le marchand fit encore répondre qu'il ne connaissait point ce nom là.

«Alors, dites-lui que c'est Praxitèle qu'il n'a pas voulu recevoir.» Et le sculpteur s'en alla.

⊨

Certes, Phidias ou Praxitèle ou Manolo pouvaient être là, mais on ne se refait pas une âme à la Phidias. Et la plupart des hommes se déguisent. On comprend bien comment il y a toujours si peu d'artistes modernes. La plupart sont déguisés. Les Salons ne contiennent guère que des accessoires de carnaval. J'aime les œuvres d'art authentiques. Celles qui ont été conçues par des âmes qu'on n'a point refaites.

━━

Vous voici belles, teintes, couleurs légères, et vous, formes en ébullition; les plaisantes fumées sont l'emblème des civilisations.

Ce ciel de guingois, c'est le ciel de nos rues, on l'a découpé et on l'a mis debout. La douceur infinie des toits couleur framboise. Et même si une main avait six doigts, si cet homme avait trois pieds.

Ne croyez point qu'il y ait ici quelque mysticisme. Oh! je ne le méprise point. Il m'épouvante dans l'admiration. Qu'il vienne, un jour, ce grand artiste mystique; que Dieu lui commande, qu'il le force, qu'il lui ordonne. Il sera là, peut-être est-il là, tout près, son nom, je le connais, mais il ne faut pas le dire, on le saura bien un jour, il vaut mieux ne pas le lui dire; quel bonheur pour lui: s'il pouvait ignorer sa mission, ignorer qu'il souffre et aussi qu'il est toujours en danger ici-bas!

━━

Mais Fernand Léger, n'est pas un mystique, il est peintre, simple peintre et je me réjouis autant de sa simplicité que de la solidité de son jugement.

J'aime son art parce qu'il n'est point dédaigneux, parce qu'il ne fait point de bassesses non plus et qu'il n'est point raisonneur. J'aime vos couleurs *légères* ô Fernand Léger. La fantaisie ne vous élèvera point jusqu'à la féerie, elle vous procure cependant toutes vos joies.

Ici, la joie est dans le dessein aussi bien que dans l'exécution.

Il trouvera d'autres bouillonnements. Les mêmes vergers livreront des colorations plus légères. D'autres familles s'éparpilleront comme les gouttelettes d'une chute d'eau et l'arc-en-ciel viendra vêtir somptueusement les minuscules danseuses du corps-de-ballet. Les gens de la noce se dissimulent l'un derrière l'autre. Encore un petit effort pour se débarrasser de la perspective, du truc misérable de la perspective, de cette quatrième dimension à rebours, la perspective, de ce moyen de tout rapetisser inévitablement.

Mais, cette peinture est liquide, la mer, le sang, les fleuves, la pluie, un verre d'eau et aussi nos larmes, avec la sueur des grands efforts et des longues fatigues, l'humidité des baisers.

Francis PICABIA

Parti de l'impressionnisme comme la plupart des peintres contemporains, Francis Picabia avait, avec les Fauves, transposé la lumière en couleurs. C'est de là qu'il en est venu à cet art entièrement nouveau où la couleur n'est plus seulement un coloriage, n'est plus même une transposition lumineuse, n'a plus enfin de signification symbolique, car elle est elle-même la forme et la lumière de ce qui est représenté.

Il abordait ainsi un art où comme dans celui de Robert Delaunay, la dimension idéale, c'est la couleur. Elle a par conséquent toutes les autres dimensions. Cependant chez Picabia la forme est encore symbolique quand la couleur devrait être formelle; art parfaitement légitime et qui peut être considéré comme extrêmement élevé. La couleur dans cet art est saturée d'énergie et ses extrémités se continuent dans l'espace. La réalité est ici la matière. La couleur ne dépend plus des trois dimensions connues, c'est elle qui les crée.

Cet art a avec la musique autant de rapport que peut avoir avec elle un art qui est son contraire. On peut bien dire de l'art de Picabia qu'il voudrait être à la peinture ancienne ce que la musique est à la littérature, mais on ne peut dire qu'il soit de la musique. En effet la musique procède par suggestion, ici, au contraire, on nous présente des couleurs qui ne devraient plus nous impressionner comme des symboles, mais comme des formes concrètes. Cependant, sans aborder des moyens nouveaux, un artiste comme Picabia se prive ici d'un des principaux éléments de la peinture universelle: la conception. Pour que l'artiste pût s'en priver en apparence, la couleur devrait être formelle (matière et dimension: la mesure).

Ajoutons que l'indication du titre n'est point chez Picabia un élément intellectuel étranger à l'art auquel il s'est consacré. Celle indication doit jouer le rôle d'un cadre intérieur, comme font dans les tableaux de Picasso les objets authentiques, et les inscriptions exactement copiées. Elle doit écarter l'intellectualisme de décadence et conjurer le danger qu'il y a toujours pour les peintres de devenir des littérateurs. Le titre écrit de Picabia les objets authentiques, les lettres et les chiffres moulés des tableaux de Picasso et de Braque, nous en retrouvons l'équivalent pittoresque dans les tableaux de Mlle Laurencin, sous forme d'arabesques en profondeur; dans les tableaux d'Albert Gleizes, sous forme d'angles droits qui retiennent la lumière, dans les tableaux de Fernand Léger, sous forme de bulles, dans les tableaux de Metzinger, sous forme de lignes verticales, parallèles aux côtés du cadre et coupées par de rares échelons. On en retrouverait l'équivalent chez tous les grands peintres. Il est destiné à donner de l'intensité pittoresque à une œuvre de peinture et ce rôle dit suffisamment qu'il est légitime.

C'est ainsi que l'on se garde de devenir un peintre littéraire, c'est ainsi que Picabia a tenté de se livrer tout entier aux couleurs, sans toutefois oser, en abordant le sujet, leur donner une existence personnelle. (Remarquons que l'indication d'un titre ne signifie pas que l'artiste aborde un sujet.)

Des tableaux comme *Le Paysage, La Source, Danses à la Source*, sont donc bien de la peinture: couleurs qui s'unissent ou contrastent, qui prennent une direction dans l'espace, se dégradent ou augmentent d'intensité pour provoquer l'émotion esthétique.

Il ne s'agit point d'abstraction, car le plaisir que ces œuvres se proposent de donner au spectateur est direct. La surprise y joue un rôle important. Va-t-on dire que la saveur d'une pêche n'est qu'une abstraction? Chaque tableau de Picabia a son existence propre limitée parle titre qu'il lui a donné. Ces tableaux représentent si peu des abstractions *a priori* que de chacun d'eux, le peintre pourrait vous raconter l'histoire et le tableau des *Danses à la Source* n'est que la réalisation d'une émotion plastique naturelle ressentie dans les environs de Naples.

Les possibilités d'émotion esthétique enfermées dans cet art, s'il était pur, seraient immenses. Il pourrait prendre à son compte le mot de Poussin: «La Peinture n'a pas d'entre but que la délectation et la joie des yeux.»

      ⊢━━⊣

Picabia qui semble souhaiter un art de la mobilité, pourrait abandonner la peinture statique pour aborder maintenant des moyens nouveaux (comme fit la Loïe Füller). Mais comme peintre de tableaux je lui conseille d'aborder franchement le sujet (poésie) qui est l'essence des arts plastiques.

⊢━━━━━━━━⊣

Marcel DUCHAMP

Les tableaux de Marcel Duchamp ne sont pas encore assez nombreux et ils diffèrent trop entre eux pour qu'on puisse tirer des indications qu'ils fournissent un jugement sur le talent véritable de leur auteur. Comme la plupart des peintres nouveaux, Marcel Duchamp n'a plus le culte des apparences. (Il semble que ce soit Gauguin qui le premier ait renoncé à ce qui fut si longtemps la religion des peintres.)

À ses débuts, Marcel Duchamp fut influencé de Braque (tableaux exposés au Salon d'Automne 1911 et Galerie de la rue Tronchet 1911) et de la *Tour* de Delaunay (*Jeune homme mélancolique dans un train*).

━━

Pour écarter de son art toutes les perceptions qui pourraient devenir notions, Duchamp écrit sur son tableau le titre qu'il lui confère. Ainsi, la littérature dont si peu de peintres se sont passés, disparaît de son art, mais non la poésie. Il se sert ensuite de formes et de couleurs, non pour rendre des apparences, mais afin de pénétrer la nature même de ces formes et de ces couleurs formelles qui désespèrent les peintres au point qu'ils voudraient s'en passer et dont ils tenteront de se passer chaque fois qu'il sera possible.

Marcel Duchamp oppose, à la composition concrète de ses tableaux, un titre intellectuel à l'extrême. En ce sens, il va aussi loin que possible et ne craint pas d'encourir le reproche de faire une peinture ésotérique, sinon absconse.

━━

Tous les hommes, tous les êtres qui ont passé près de nous ont laissé des traces dans notre souvenir et ces traces de la vie ont une réalité, dont on peut scruter, dont on peut copier les détails. Ces traces acquièrent ainsi toutes ensemble une personnalité dont on peut indiquer plastiquement les caractères individuels, par une opération purement intellectuelle.

⊢━┥

Il y a de ces traces d'êtres dans les tableaux de Marcel Duchamp.

Qu'on me permette ici, une observation qui a son importance. Duchamp est le seul peintre de l'école moderne qui se soucie aujourd'hui (Automne 1912) de nu: (*Le Roi et la Reine entourés de nus viles; Le Roi et la Reine traversés par des nus vites, Nu descendant un escalier*).

⊢━┥

Cet art qui s'efforce d'esthétiser des perceptions si musicales de la nature s'interdit le caprice, et l'arabesque inexpressive de la musique.

Un art qui se donnerait pour but de dégager de la nature, non des généralisations intellectuelles mais des formes et des couleurs collectives dont la perception n'est pas encore devenue notion est très concevable et il semble qu'un peintre comme Marcel Duchamp soit entrain de le réaliser.

Il est possible que pour être émouvants ces aspects inconnus, profonds et soudainement grandioses de la nature n'aient pas besoin d'être esthétisés ce qui expliquerait l'aspect flammiforme des couleurs, les compositions en forme d'N, les grouillements parfois tendres, parfois fermement accentués. Ces conceptions ne sont point déterminées par une esthétique mais par l'énergie d'un petit nombre de lignes (formes ou couleurs).

Cet art peut produire des œuvres d'une force dont on n'a pas idée. Il se peut même qu'il joue un rôle social.

De même que l'on avait promené une œuvre de Cimabue, noire siècle a vu promener triomphalement pour être mené aux Arts-et-Métiers, l'aéroplane de Blériot tout chargé d'humanité, d'efforts millénaires, d'art nécessaire. Il sera peut-être réservé à un artiste aussi dégagé de préoccupations esthétiques, aussi préoccupé d'énergie que Marcel Duchamp, de réconcilier l'Art et le Peuple.

───────────────

APPENDICE

───────────────

DUCHAMP-VILLON

Dès que la sculpture s'éloigne de la nature elle devient de l'architecture. L'étude de la nature est plus nécessaire aux sculpteurs qu'aux peintres, puisqu'on peut parfaitement imaginer une peinture qui s'éloignerait entièrement de la nature. De fait les peintres nouveaux s'ils étudient la nature avec acharnement, s'ils la copient même se sont entièrement dégagés du culte de ses apparences. Ce n'est même que par des conventions bénévolement acceptées par le spectateur que l'on a pu établir une relation entre telle peinture et tel objet authentique. Les peintres nouveaux ont rejeté ces conventions et quelques-uns d'entre eux plutôt que de revenir à l'observation de ces conventions ont délibérément introduit dans leurs tableaux des éléments étrangers à la peinture et parfaitement authentiques. La nature est pour eux comme pour l'écrivain une source pure à laquelle on peut boire sans crainte de s'empoisonner. Elle est leur sauvegarde contre l'intellectualisme de décadence qui est le plus grand ennemi de l'art.

Les sculpteurs, au contraire, peuvent reproduire les apparences de la nature (et ceux qui l'ont fait ne sont pas rares). Par le coloriage, ils peuvent nous donner jusqu'aux apparences de la vie. Cependant, ils peuvent demander à la nature plus que ces apparences immédiates et même imaginer, agrandir diminuer des formes douées d'une puissante vie esthétique, mais dont la justification doit toujours se trouver dans la nature, ainsi firent les Assyriens, les Egyptiens, les sculpteurs nègres ou océaniens. C'est l'observation de cette condition essentielle de la sculpture qui justifie les ouvrages de Duchamp-Villon, et lorsqu'il a voulu s'en écarter, ce fut pour aborder directement l'architecture.

━━

Dès que les éléments qui composent une sculpture ne trouvent plus leur justification dans la nature, cet art devient de l'architecture. Tandis que la sculpture pure est soumise à une nécessité singulière: elle doit avoir un but pratique, on peut parfaitement concevoir une architecture aussi désintéressée que la musique, art auquel elle ressemble le plus, Tour de Babel, Colosse de Rhodes, statue de Memnon, Sphinx, Pyramides, Mausolée, Labyrinthe, Blocs sculptés du Mexique, obélisques, menhirs, etc; les colonnes triomphales ou commémoratives, Arcs de Triomphe, Tour Eiffel, le monde entier est couvert de monuments inutiles ou presque inutiles ou tout au moins de proportions supérieures au but que l'on voulait atteindre. En effet, le Mausolée, les Pyramides, sont trop grands pour des tombeaux et ils sont par conséquent inutiles, les colonnes, même si comme la Trajane ou la colonne Vendôme, elles sont destinées à commémorer des événements, sont également inutiles, puisque on peut guère suivre jusqu'au sommet le détail des scènes historiques, qui y sont figurées. Y a-t-il rien de plus inutile qu'un arc de triomphe? Et l'utilité de la Tour Eiffel est née après sa construction désintéressée.

━━

Cependant on a perdu le sens architectural au point que

l'inutilité d'un monument apparaît aujourd'hui comme une chose insolite et presqu'une monstruosité.

———

Au contraire, on admet fort bien qu'un sculpteur fasse un ouvrage inutile et cependant quand la sculpture est désintéressée, elle est ridicule.

Statue de héros, ou d'animal sacré, ou de divinité, la sculpture a pour but pratique de représenter des simulacres et cette nécessité artistique a été comprise de tout temps, elle est la cause de l'anthropomorphisme des divinités, car la forme humaine est celle qui trouve le plus facilement sa justification naturelle et qui permet aussi le plus de fantaisie à l'artiste.

Dès que la sculpture s'écarte du portrait, elle n'est plus qu'une technique décorative destinée à donner de l'intensité à l'architecture (réverbères, statues allégoriques des jardins, balustrades, etc.).

———

Le but utilitaire que ce sont proposé la plupart des architectes contemporains est la cause du retard considérable de l'architecture sur les autres arts. L'architecte, l'ingénieur doivent construire avec des intentions sublimes: élever la plus haute tour, préparer au lierre et au temps une ruine plus belle que les autres, jeter sur un port ou sur un fleuve une arche plus audacieuse que l'arc-en-ciel, composer en définitive une harmonie persistante, la plus puissante que l'homme ait imaginée.

———

Duchamp-Villon a de l'architecture cette conception titanique. Sculpteur et architecte, il n'y a pour lui que la lumière qui compte et pour tous les autres arts aussi il n'y a que la lumière qui compte, la lumière incorruptible.

57

NOTE

Outre les artistes dont j'ai parlé dans les chapitres précédents il est d'autres artistes vivants qui dans les écoles antérieures au cubisme, dans les écoles contemporaines ou parmi les personnalités indépendantes se rattachent, bon gré, mal gré, à l'école cubiste.

Le cubisme scientifique défendu par M. Canudo, Jacques Nayral, André Salmon, M. Granié, M. Maurice Raynal, M. Marc Brésil, M. Alexandre Mercereau, M. Reverdy, M. Tudesq, M. André Warnod et l'auteur de ce livre a comme nouveaux adhérents M. Georges Deniker, M. Jacques Villon et M. Louis Marcoussis.

Le cubisme physique défendu dans la presse par les écrivains précédents, M. Roger Allard, M. Olivier Hourcade, peut réclamer des talents de M. Marchand, de M. Herbin et de M. Véra.

Le cubisme orphique qui fut défendu par M. Max Goth, et l'auteur de cet ouvrage semble être la tendance pure que suivront M. Dumont et M. Valensi.

Le cubisme instinctif forme un mouvement important, commencé depuis longtemps et qui rayonne déjà à l'étranger. M. Louis Vauxcelles, M. René Blum, M. Adolphe Basler, M. Gustave Kahn, M. Marinetti, M. Michel Puy, ont défendu certaines personnalités qui ressortissent à cet art; il englobe de nombreux artistes comme Henri-Matisse, Rouault, André Derain, Raoul Dufy, Chabaud, Jean Puy, Van Dongen, Severini, Boccioni, etc., etc.

Parmi les sculpteurs qui veulent se rattacher à l'école cubiste mentionnons outre M. Duchamp-Villon, M. Auguste Agéro,

M. Archipenko et M. Brancusi.

Collection Chtchoukine.
Pablo Picasso.
(Cliché Kahnweiler).
L'USINE (Horta de Ebro, 1909).

Pablo Picasso.
(Cliché Kahnweiler).
Collection Dutilleul.
NATURE MORTE ESPAGNOLE (1912).

Pablo Picasso.
(Cliché Kahnweiler).
Collection Uhde.
L'HOMME À LA CLARINETTE (1912).

Georges Braque.
(Cliché Kahnweiler).
Collection Kramar.
LE VIOLON (1910).

Georges Braque.
(Cliché Kahnweiler).
Collection Kahnweiler.
LA TABLE (1911).

Georges Braque.
(Cliché Kahnweiler).
Collection Kahnweiler.
LE VIADUC DE L'ESTAQUE (1912).

Georges Braque.
(Cliché Kahnweiler).
Collection Kahnweiler.
L'HOMME À LA MANDOLINE (1912).

Jean Metzinger.
Salon d'Automne 1910 (app. à M. G. Commerre).
NU (1910).

Jean Metzinger.
Salon d'Automne 1911 (app. à M. R. Auclair).
LE GOÛTER (1911).

Jean Metzinger
Salon des Indépendants 1912 (app. à J. Nayral).
LA FEMME AU CHEVAL (1912).

Jean Metzinger.
Appartient à Mme L. Ricou.
LE PORT (1912).

Albert Gleizes.

Albert Gleizes.
LA FEMME AUX PHLOX (1910).

Albert Gleizes.
LA NATURE MORTE (1911).

Albert Gleizes.
Collection J. Hessel. LA CHASSE (1911).

74

Albert Gleizes.
L'HOMME AU BALCON (1912).

Mlle Marie Laurencin.
Collection G. A.
RÉUNION À LA CAMPAGNE (1909).

Mlle Marie Laurencin.
LES JEUNES FILLES (1911).

Mlle Marie Laurencin.
LA TOILETTE (1912).

Juan Gris.

Juan Gris.
LA GUITARE (1912).

JUAN GRIS.

PORTRAIT (1912).

Juan Gris.
PORTRAIT (1912).

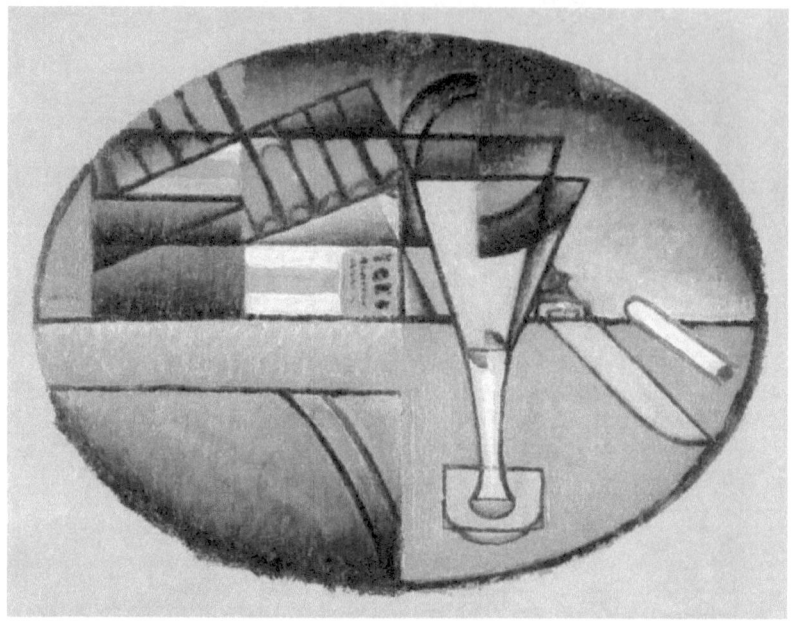

Juan Gris.
LES CIGARES (1912).

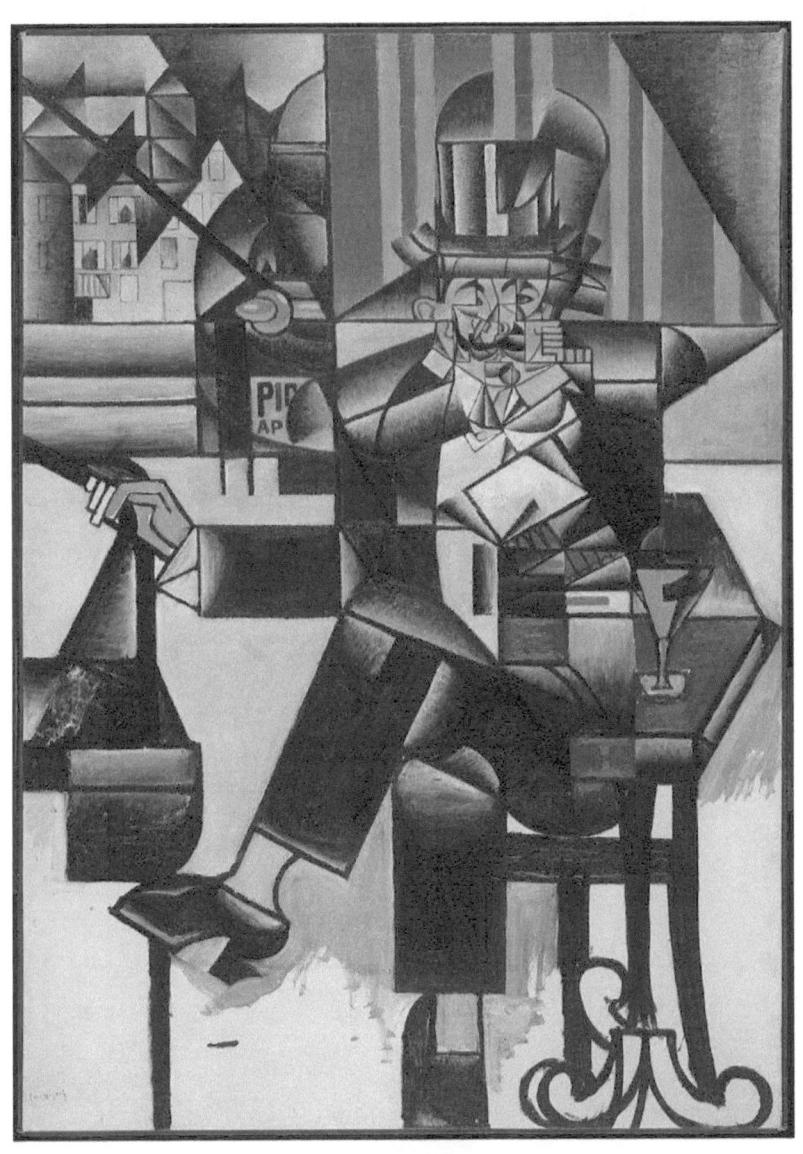

Juan Gris.
L'HOMME AU CAFÉ (1912).

Fernand Léger.
NUS DANS UN PAYSAGE (1911).

Fernand Léger.

84

ÉTUDE POUR TROIS PORTRAITS (1911).

Fernand Léger.
FEMME EN BLEU (1912).

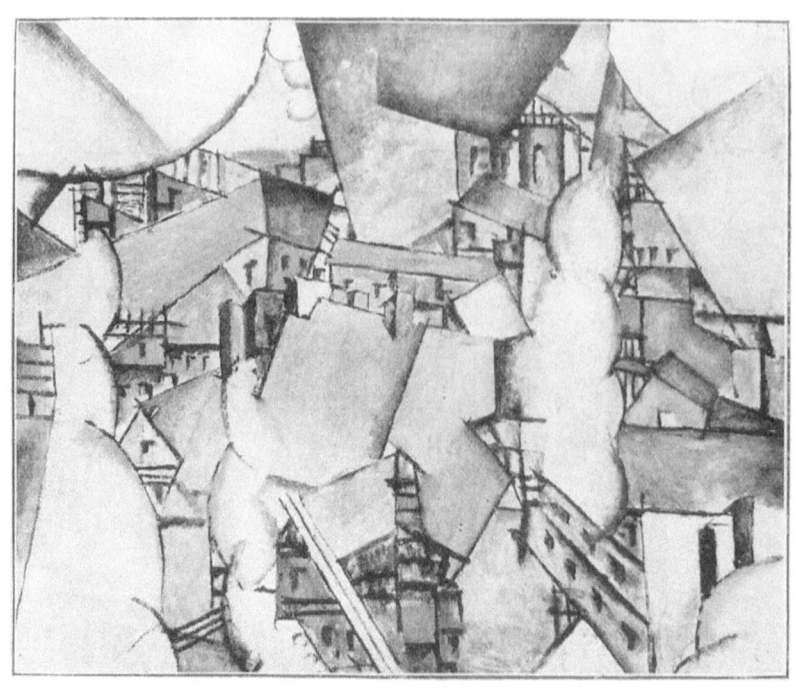

Fernand Léger.
LES FUMÉES (1912).

Francis Picabia.

Francis Picabia.

PAYSAGE (1908).

Francis Picabia.

PAYSAGE À CASSIS (1909).

Francis Picabia.

PAYSAGE (1911).

Francis Picabia.

TARENTELLA (1912).

MARCEL DUCHAMP.

Marcel Duchamp.

Marcel Duchamp.
JOUEURS D'ÉCHECS (1911).

Marcel Duchamp

NU DESCENDANT UN ESCALIER (1912).

Marcel Duchamp.
JEUNE HOMME (1912).

Marcel Duchamp.
LE ROI ET LA REINE ENTOURÉS DE NUS VITES (1912).

Duchamp-Villon. BAUDELAIRE (1911).

DUCHAMP VILLON,
DÉTAIL D'UNE VASQUE DÉCORATIVE

Duchamp-Villon.
DÉTAIL D'UNE VASQUE DÉCORATIVE (1911).

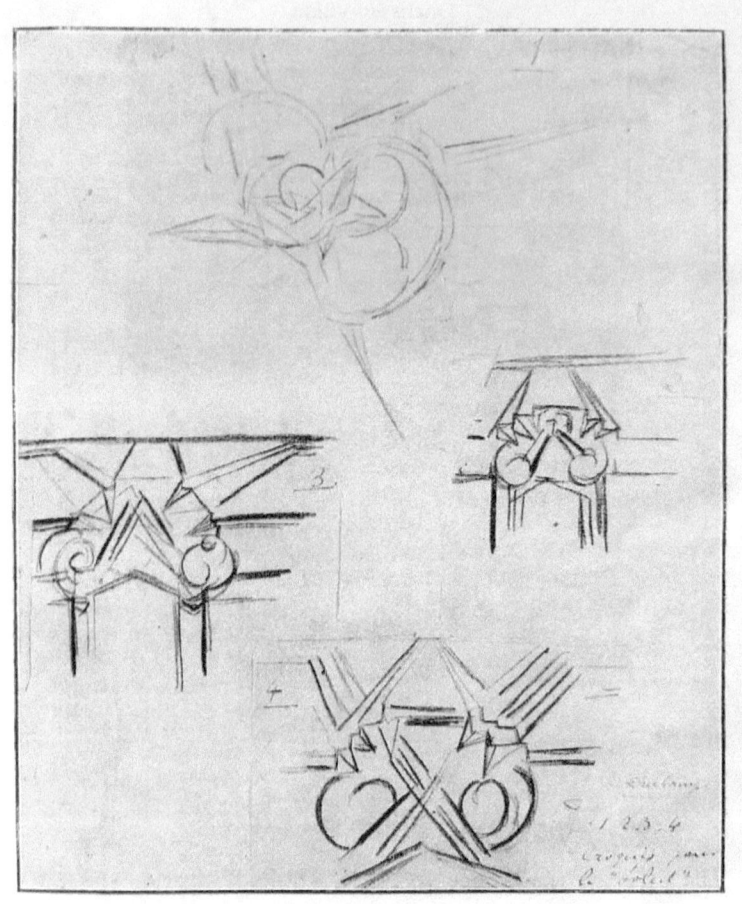

Duchamp-Villon.

CROQUIS POUR LE «SOLEIL» (1912).

103

Duchamp-Villon.
PROJET D'HÔTEL (1912).

www.ingramcontent.com/pod-product-compliance
Lightning Source LLC
Chambersburg PA
CBHW022344020726
47500CB00004B/1276